ИЗ ЛИЧНОЙ БИБЛИОТЕКИ

_____
Имя

_____
Фамилия

ГАДКИЙ УТЁНОК

Ханс Кристиан Андерсен
Гадкий утёнок

Художник Антон Ломаев

Азбука

Санкт-Петербург

Хорошо было за городом! Стояло лето, рожь уже пожелтела, овсы зеленели, сено было смётано в стога; по зелёному лугу расхаживал длинноногий аист и болтал по-египетски — он выучился этому языку от матери. За полями и лугами раскинулся большой лес, в чаще его таились глубокие озёра. Да, хорошо было за городом! Солнце озаряло старинную усадьбу, окружённую глубокими канавами с водой; вся полоса земли между этими канавами и каменной оградой заросла лопухом, да таким высоким, что маленькие ребятишки могли стоять под самыми крупными его листьями, выпрямившись во весь рост. В чаще лопуха было так же глухо и дико, как в густом лесу, и вот там-то сидела на яйцах утка. Сидела она уже давно, и ей это порядком надоело, потому что навещали её редко: другим уткам было скучно торчать в лопухе да крякать вместе с нею, им больше нравилось плавать по канавам.

Но вот наконец яичные скорлупки треснули. «Пи-и! Пи-и!» — послышалось из них. Это зародыши стали утятами и высунули головки из скорлупок.

— Скорей! Скорей! — закрякала утка.

И утята заторопились, кое-как выкарабкались и начали озираться кругом, разглядывая зелёные листья лопуха. Мать им не мешала: зелёный свет полезен для глаз.

— Как велик мир! — сказали утята.

Ещё бы! Теперь им было куда просторнее, чем в скорлупе.

— А вы думаете, что тут и весь мир? — сказала мать. — Нет! Он тянется далеко-далеко, туда, за сад, к пасторскому полю, но там я отроду не бывала... Ну, все вы здесь? — И она встала. — Ах нет, не все! Самое большое яйцо целёхонько! Да будет ли этому конец? Вот незадача! До чего мне это надоело!

И она уселась опять.

— Ну как дела? — спросила, заглянув к ней, одна старая утка.

— Да вот ещё яйцо осталось, — ответила молодая утка. — Сижу, сижу, а всё без толку! Но ты посмотри на деток — до чего хороши, просто прелесть! Ужасно похожи на отца! А он, беспутный, и не навестил меня ни разу!

— Дай-ка я взгляну на яйцо, которое ещё не треснуло, — сказала старая утка. — Наверное, индюшечье! Меня тоже надули раз. Ну и маялась же я, когда вывела индюшат! Они ведь страсть как боятся воды; уж я и крякала, и звала, и толкала их в воду — не идут, да и только! Дай же мне взглянуть на яйцо! Ну так и есть! Индюшечье! Брось-ка его; лучше учи других своих утят плавать!

— Нет, пожалуй, всё-таки посижу, — отозвалась молодая утка. — Столько просидела — потерплю ещё немножко.

— Ну как знаешь! — крякнула старая утка и ушла.

Наконец треснула скорлупа самого большого яйца. «Пи-и! Пи-и!» — и вывалился огромный безобразный птенец. Утка оглядела его.

— Ужасно велик! — сказала она. — И совсем не похож на остальных! Неужели это индюшонок? Но плавать он у меня всё равно будет: заупрямится — столкну в воду.

На другой день погода стояла чудесная, зелёный лопух весь был залит солнцем. Утка со всей своей семьёй заковыляла к канаве. Бул-тых! Утка шлёпнулась в воду.

— За мной! Живо! — позвала она утят, и те один за другим посыпались в воду.

Сначала они скрылись под водой, но тотчас вынырнули и весело поплыли. Лапки у них так и работали; и некрасивый серый утёнок не отставал от других.

— Какой же это индюшонок? — сказала утка. — Ишь как славно гребёт лапками, как прямо держится! Нет, это мой родной сын! И, право же, недурён собой, надо только присмотреться к нему хорошенько!

Ну, скорей, скорей за мной! Сейчас отправимся на птичий двор, я буду вводить вас в общество. Только держитесь ко мне поближе, чтобы кто-нибудь не наступил на вас, да остерегайтесь кошки!

Вскоре утка с утятами добралась до птичьего двора. Ну и шум тут стоял, ну и гам! Две семьи дрались из-за головки угря, но она в конце концов досталась кошке.

— Вот как бывает в жизни! — сказала утка и облизнула язычком клюв: ей тоже хотелось отведать угриной головки. — Ну, ну, шевелите лапками! — сказала она утятам. — Крякните и поклонитесь вон той старой утке! Она здесь самая знатная. Испанской породы, потому такая жирная. Видите, у неё на лапке красный лоскуток? До чего красив! Это знак высшего отличия, какого только может удостоиться утка. Он означает, что хозяева не хотят с ней расставаться; по этому лоскутку её узнают и люди, и животные. Ну, скорей! Да не держите лапки вместе! Благовоспитанный утёнок должен держать лапки врозь и вкось, как их держат ваши родители. Вот так! Кланяйтесь теперь и крякайте!

Утята так и сделали, но другие утки оглядывали их и говорили громко:

— Ну вот, ещё целая орава! Точно нас мало было! А один-то какой безобразный! Его уж мы не потерпим!

И сейчас же одна утка подскочила и клюнула утёнка в затылок.

— Не трогайте его! — сказала утка-мать. — Что он вам сделал? Ведь он никому не мешает!

— Так-то оно так, но уж очень он велик, да и чудной какой-то! — отвечала забияка. — Надо ему задать хорошую трёпку!

— Славные у тебя детки! — проговорила старая утка с красным лоскутком на лапке. — Все очень милы, кроме одного... Этот не удался! Хорошо бы его переделать.

— Никак нельзя, ваша милость! — возразила утка-мать. — Правда, он некрасив, но сердце у него доброе, да и плавает он не хуже, пожалуй, даже лучше других. Может, он со временем похорошеет или хоть ростом поменьше станет. Залежался в скорлупе, оттого и не совсем удался. — И она провела носиком по пёрышкам большого утёнка. — К тому же он селезень, а селезню красота не так уж нужна. Вырастет — пробьёт себе дорогу!

— Остальные утята очень, очень милы! — сказала старая утка. — Ну, будьте как дома, а найдёте угриную головку — можете принести её мне.

Вот они и стали вести себя как дома. Только бедного безобразного утёнка — того, который вылупился позже других, — клевали, толкали и осыпали насмешками решительно все — и утки и куры.

— Больно уж он велик! — говорили они.

А индюк, который родился со шпорами на ногах и потому воображал себя императором, надулся и, словно корабль на всех парусах, налетел на утёнка и залопотал на него так сердито, что гребешок у него налился кровью. Бедный утёнок просто не знал, что ему делать, как быть. И надо же ему было уродиться таким безобразным, что весь птичий двор поднимает его на смех!

Так прошёл первый день; потом стало ещё хуже. Все гнали беднягу, даже братья и сёстры сердито говорили ему:

— Хоть бы тебя утащила кошка, урод несчастный!

А мать добавляла:

— Глаза бы мои тебя не видели!

Утки клевали его, куры щипали, а девушка, которая давала птицам корм, толкала ногой.

Не выдержал утёнок, перебежал двор и перелетел через изгородь! Маленькие птички испуганно выпорхнули из кустов.

«Меня испугались — вот какой я безобразный!» — подумал утёнок и пустился наутёк, сам не зная куда. Бежал-бежал, пока не очутился в болоте, где жили дикие утки. Усталый и печальный, он просидел там всю ночь.

Утром дикие утки вылетели из гнёзд и увидели новичка.

— Ты кто такой? — спросили они; но утёнок только вертелся да раскланивался, как умел.

— Вот безобразный! — сказали дикие утки. — Впрочем, это не наше дело. Только смотри не вздумай с нами породниться!

Бедняжка! Где уж ему было и думать об этом! Лишь бы позволили ему посидеть в камышах да попить болотной водицы — вот и всё, о чём он мечтал.

Два дня провёл он в болоте, на третий явились два диких гусака. Они недавно вылупились из яиц и потому выступали очень гордо.

— Слушай, дружище! — сказали они. — Ты такой урод, что, право, даже нравишься нам! Хочешь летать с нами и быть вольной птицей? Недалеко отсюда, на другом болоте, живут премиленькие дикие гусыни. Они умеют говорить: «Рап, рап!» Хоть ты и безобразен, но кто знает: может, и найдёшь своё счастье.

«Пиф! Паф!» — раздалось вдруг над болотом, и оба гусака упали в камыши мёртвыми; вода окрасилась кровью. «Пиф! Паф!» — раздалось опять, и из камышей поднялась целая стая диких гусей. Пальба разгорелась. Охотники оцепили всё болото, некоторые укрылись в ветвях нависших над водой деревьев. Клубы голубого дыма окутывали деревья и стлались над водой. По болоту шлёпали охотничьи собаки; камыш качался из стороны в сторону. Бедный утёнок, ни жив ни мёртв от страха,

хотел было спрятать голову под крыло, как вдруг над ним склонилась охотничья собака с высунутым языком и сверкающими злыми глазами. Она разинула пасть, оскалила острые зубы, но... шлёп! шлёп! — побежала дальше.

— Слава Богу! — перевёл дух утёнок. — Пронесло! Вот, значит, какой я безобразный — собаке и той противно до меня дотронуться!

И он притаился в камышах, а над головой его то и дело гремели выстрелы, пролетали дробинки.

Пальба стихла только к вечеру, но утёнок долго ещё боялся пошевельнуться. Прошло ещё несколько часов, пока он осмелился встать, оглядеться и снова тронуться в путь по полям и лугам. Дул ветер, да такой сильный, что утёнок с трудом продвигался вперёд.

К ночи он добрался до какой-то убогой избушки. Она так обветшала, что готова была упасть, только не решила ещё, на какой бок ей падать, потому и держалась. Утёнка так и подхватывало ветром, — приходилось садиться на землю.

А ветер всё крепчал. Что было делать утёнку? К счастью, он заметил, что дверь избушки соскочила с одной петли и висит криво, — сквозь эту щель нетрудно было проскользнуть внутрь. Так он и сделал.

В избушке жила старушка хозяйка с котом и курицей. Кота она звала сыночком; он умел выгибать спинку, мурлыкать, а когда его гладили против шерсти, от него даже летели искры. У курицы были маленькие коротенькие ножки — вот её и прозвали коротконожкой; она прилежно несла яйца, и старушка любила её, как дочку.

Утром пришлеца заметили; кот начал мурлыкать, а курица кудахтать.

— Что там? — спросила старушка, осмотрелась кругом и заметила утёнка, но сослепу приняла его за жирную утку, отбившуюся от дома.

— Вот так находка! — сказала старушка. — Теперь у меня будут утиные яйца, если только это не селезень. Ну да, поживём — увидим!

И утёнка приняли на испытание. Но прошло недели три, а он так и не снёс ни одного яйца. Господином в доме был кот, а госпожою курица, и оба всегда говорили: «Мы и весь свет!» Себя они считали половиной всего света, притом лучшей его половиной. Утёнку же казалось, что на этот счёт можно быть и другого мнения.

Курица, однако, этого не потерпела.

— Умеешь ты нести яйца? — спросила она утёнка.

— Нет!

— Так и держи язык за зубами!

А кот спросил:

— Умеешь ты выгибать спину, мурлыкать и пускать искры?

— Нет!

— Так и не суйся со своим мнением, когда говорят те, кто умнее тебя!

Так утёнок всё и сидел в углу, нахохлившись. Как-то раз вспомнил он свежий воздух и солнце, и ему до смерти захотелось поплавать. Он не выдержал и сказал об этом курице.

— Ишь чего выдумал! — отозвалась она. — Бездельничаешь, вот тебе блажь в голову и лезет! Неси-ка лучше яйца или мурлычь — вот дурь-то и пройдёт!

— Ах, плавать так приятно! — сказал утёнок. — А что за наслаждение нырять в самую глубину!

— Хорошо наслаждение! — воскликнула курица. — Ты совсем рехнулся! Спроси кота, он умнее всех, кого я знаю, нравится ли ему плавать или нырять? О себе самой я уж и не говорю! Спроси, наконец, у нашей старушки хозяйки, умнее её нет никого на свете. По-твоему, и ей хочется плавать и нырять?

— Не понять вам меня! — сказал утёнок.

— Если уж нам не понять, так кто же тебя поймёт! Может, ты хочешь быть умней кота и хозяйки, не говоря уж обо мне? Не глупи, а благодари-ка лучше создателя за всё, что для тебя сделали. Приютили тебя, пригрели, приняли в свою компанию, — и ты от нас многому можешь научиться, но с таким пустоголовым, как ты, и говорить-то не стоит! Ты мне поверь, я тебе добра желаю, потому и браню тебя, — истинные друзья всегда так делают. Старайся же нести яйца или выучись мурлыкать да пускать искры!

— Я думаю, мне лучше уйти отсюда куда глаза глядят! — сказал утёнок.

— Скатертью дорога! — отозвалась курица.

И утёнок ушёл. Он плавал и нырял, но все животные по-прежнему презирали его за уродливость.

Настала осень. Листья на деревьях пожелтели и побурели, ветер подхватывал и кружил их; наверху, в небе, стало холодно; нависли тяжёлые облака, из которых сыпалась снежная крупа. Ворон, сидя на изгороди, во всё горло каркал от холода: «Крра-а! Крра-а!» От одной мысли о такой стуже можно было замёрзнуть! Плохо приходилось бедному утёнку.

Раз вечером, когда солнце так красиво закатывалось, из-за кустов поднялась стая чудесных больших птиц; утёнок в жизни не видывал таких красивых — белоснежные, с длинными гибкими шеями! То были лебеди. Они закричали какими-то странными голосами, взмахнули великолепными большими крыльями и полетели с холодных лугов в тёплые края на синие озёра. Высоко-высоко поднялись они, а бедного безобразного утёнка охватило какое-то смутное волнение. Он волчком завертелся в воде, вытянул шею и тоже испустил такой громкий и странный крик,

что и сам испугался. Чудесные птицы не шли у него из головы, и, когда они окончательно скрылись из виду, он нырнул на самое дно, вынырнул, но всё никак не мог прийти в себя. Утёнок не знал, как зовут этих птиц и куда они улетели, но полюбил их так, как не любил до сих пор никого на свете. Он не завидовал их красоте. Быть похожим на них? Нет, ему это и в голову не могло прийти! Он был бы рад, если бы хоть утки-то его от себя не отталкивали. Бедный безобразный утёнок!

А зима стояла холодная-прехолодная. Утёнку приходилось плавать без отдыха, чтобы не дать воде замёрзнуть, но с каждой ночью свободное ото льда пространство всё уменьшалось. Морозило так, что лёд трещал. Утёнок без устали работал лапками, но под конец обессилел, замер и примёрз ко льду.

Рано утром мимо проходил крестьянин и увидел примёрзшего утёнка. Он пробил лёд своими деревянными башмаками, отнёс утёнка домой и отдал жене. В доме крестьянина утёнка отогрели.

Но вот как-то раз дети вздумали поиграть с утёнком, а он вообразил, что они хотят его обидеть, и шарахнулся со страха прямо в подойник с молоком. Молоко расплескалось, хозяйка вскрикнула и всплеснула руками, а утёнок взлетел и угодил в кадку с маслом, а потом в бочонок с мукой. Батюшки, на что он стал похож! Крестьянка кричала и гонялась за ним со щипцами для угля, дети бегали, сшибая друг друга с ног, хохотали, визжали. Хорошо, что дверь была открыта: утёнок выбежал, кинулся в кусты, прямо на свежевыпавший снег, и долго-долго лежал в оцепенении.

Грустно было бы описывать все злоключения утёнка за эту суровую зиму. Когда же солнце снова стало пригревать землю своими тёплыми лучами, он залёг в болото, в камыши. Вот и жаворонки запели. Наступила весна.

Утёнок взмахнул крыльями и полетел. Теперь крылья его шумели и были куда крепче прежнего. Не успел он опомниться, как очутился в большом саду. Яблони стояли все в цвету, душистая сирень склоняла свои длинные зелёные ветви над извилистым каналом.

Ах, как тут было хорошо, как пахло весною! Вдруг из чащи тростника выплыли три чудных белых лебедя. Они плыли так легко и плавно, словно скользили по воде. Утёнок узнал красивых птиц, и его охватила какая-то странная грусть.

«Полечу-ка я к этим царственным птицам! Они, наверное, убьют меня за то, что я, такой безобразный, осмелился приблизиться к ним, — ну и пусть! Лучше умереть, чем сносить щипки уток и кур, пинки птичницы да терпеть холод и голод зимою».

И он слетел на воду и поплыл навстречу красавцам лебедям, а те, завидев его, тоже устремились к нему.

— Убейте меня! — сказал бедняжка и опустил голову, ожидая смерти.

Но что же он увидел в чистой, как зеркало, воде? Своё собственное отражение. Но он был уже не безобразной тёмно-серой птицей, а лебедем!

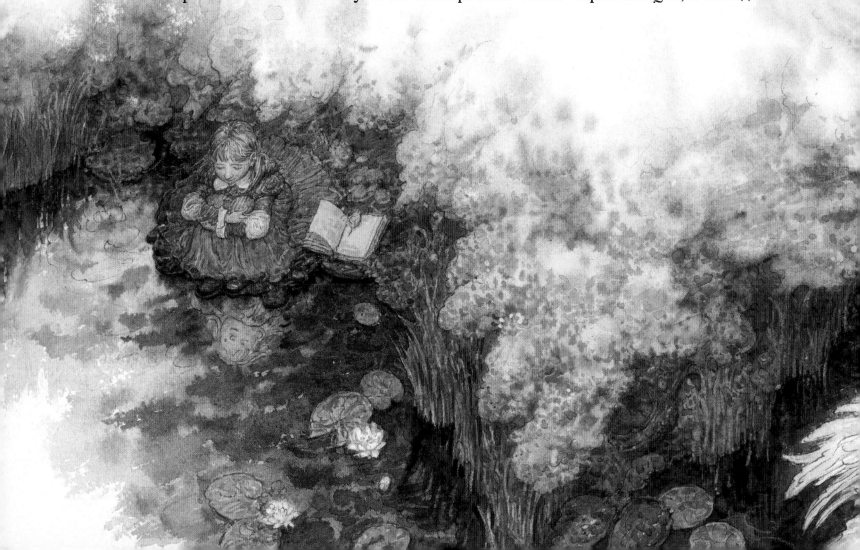

Не беда появиться на свет в утином гнезде, если ты вылупился из лебединого яйца!

Теперь он был рад, что перенёс столько горя и бедствий: он лучше мог оценить своё счастье и всю красоту, что его окружала. Большие лебеди плавали вокруг него и гладили его клювами.

В сад прибежали маленькие дети, они стали бросать лебедям зёрна и хлебные крошки, а самый младший закричал:

— Новый, новый!

И остальные подхватили:

— Да, новый, новый!

И захлопали в ладоши, приплясывая от радости, потом побежали за отцом и матерью и стали снова бросать в воду крошки хлеба и пирожного. Все говорили, что новый лебедь — самый красивый. Такой моло-
денький, такой чудесный!

И старые лебеди склонили перед ним головы.

А он совсем смутился и невольно спрятал голову под крыло. Он не знал, что делать. Он был невыразимо счастлив, но ничуть не возгордил-
ся — доброму сердцу чуждо высокомерие. Он помнил то время, когда все его презирали и преследовали; теперь же все говорили, что он пре-
краснейший между прекрасными! Сирень склонила к нему в воду свои душистые ветви, солнышко светило так славно... И вот крылья его зашу-
мели, стройная шея выпрямилась, а из груди вырвался ликующий крик:

— Мог ли я мечтать о таком счастье, когда был гадким утёнком!

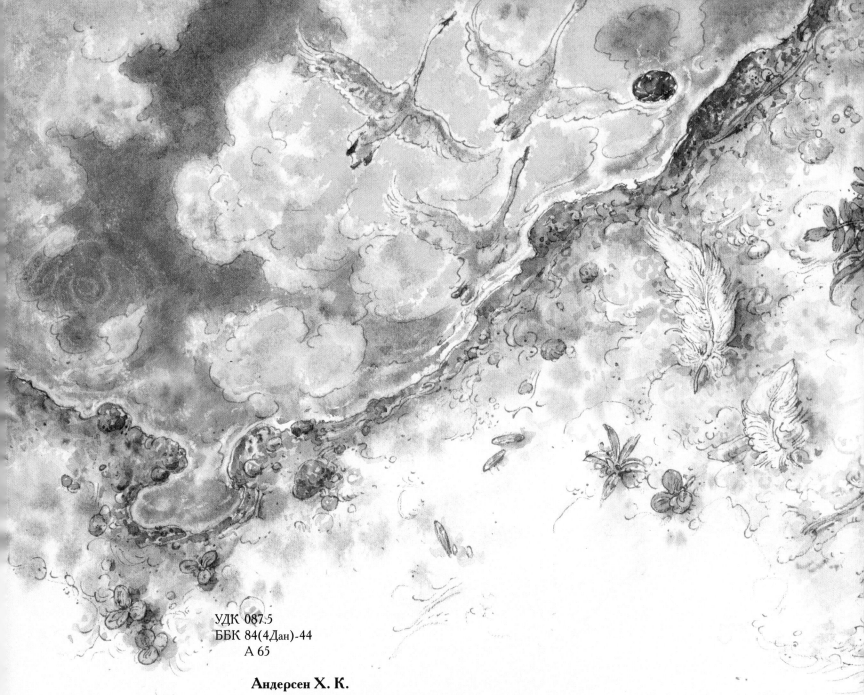

УДК 087.5
ББК 84(4Дан)-44
А 65

Андерсен Х. К.

А 65   Гадкий утёнок : сказка / Ханс Кристиан Андерсен ; пер. с дат. А. Ганзен. —
СПб. : Азбука, Азбука-Аттикус, 2021. — 48 с. : ил.

ISBN 978-5-389-08354-7

Наверное, из всех историй, написанных датским сказочником Хансом Кристианом
Андерсеном, у «Гадкого утёнка» — самый счастливый конец. Может быть, поэтому её
так любят и дети, и взрослые. Ведь не только мальчикам и девочкам хочется верить, что
золушек ждут прекрасные принцы, а из гадких утят вырастают прекрасные лебеди!

Иллюстрации замечательного художника Антона Ломаева помогли известной сказ-
ке Андерсена стать особенно яркой, живой и современной. Со студенческих лет он хотел
рисовать книги для детей. И когда у художника появилась возможность заниматься
этим увлекательным делом всерьёз, из-под его пера стали появляться настоящие шедев-
ры, один из которых вы держите в руках.

УДК 087.5
ББК 84(4Дан)-44

ISBN 978-5-389-08354-7

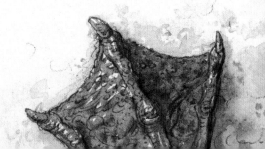

Литературно-художественное издание
Для среднего школьного возраста

Ханс Кристиан Андерсен
ГАДКИЙ УТЁНОК

Перевод *Анны Васильевны Ганзен*
Художник *Антон Ломаев*

Ответственный редактор *Анастасия Бутина*
Художественный редактор *Татьяна Павлова*
Технический редактор *Валентин Бердник*
Корректор *Ольга Смирнова*

Главный редактор *Александр Жикаренцев*

ООО «Издательская Группа „Азбука-Аттикус"» — обладатель товарного знака АЗБУКА®
115093, Москва, Павловская ул., д. 7, эт. 2, пом. III, ком. № 1.
Тел.: (495) 933-76-01, факс: (495) 933-76-19
E-mail: sales@atticus-group.ru; info@azbooka-m.ru
www.azbooka.ru; www.atticus-group.ru

Знак информационной продукции
(Федеральный закон № 436-ФЗ от 29.12.2010 г.): 6+
Товар соответствует требованиям ТР ТС 007/2011
«О безопасности продукции, предназначенной для детей и подростков».

Подписано в печать 12.03.2021. Формат издания 70×100 ¹/₈.
Печать офсетная. Усл. печ. л. 7,74. Тираж 4000 экз. Заказ № 1583/21.
Дата изготовления 02.04.2021.
Срок службы (годности): не ограничен.
Условия хранения: в сухом помещении.
Отпечатано в России.
Отпечатано в соответствии с предоставленными материалами
в ООО «ИПК Парето-Принт». 170546, Тверская область,
Промышленная зона Боровлево-1, комплекс № 3А
www.pareto-print.ru

C-ZSL-16360-08-R